오늘도 이것으로 좋았습니다

오늘도 이것으로 좋았습니다

나태주의
일상행복 라이팅북

열림원

오늘의 일은 오늘의 일로 충분하다
너, 너무도 잘하려고 애쓰지 마라.

나태주의 시집이 나의 시집으로

애당초 학교 교육의 기본은 '글을 읽고 쓰고 수를 셈하고'였습니다. 그것을 독서산讀書算이라고 줄여서 말하기도 했는데, 그만큼 글을 읽고 글을 쓰는 일은 인간으로서 중요한 일이었습니다. 여기서 '쓰고'에 대해서는 좀 이야기를 하고 넘어가야 할 것 같습니다.

'쓰고'는 우선 남의 글을 베끼는 과정으로서의 '쓰고'가 있고, 새로운 글을 쓰는 '쓰고'가 있겠습니다. 물론 좋은 것은 '새로운 글을 쓰고'이고 '최종적인 쓰고'일 것입니다. 하지만 그보다 급하고 앞서는 일은 남의 작품을 베끼는 과정으로서의 '쓰고'입니다.

다른 사람의 좋은 글을 베끼다 보면 눈으로 읽는 것보다 더 깊게 그 글을 이해할 수 있습니다. 아, 이 글의 뜻이 이런 것이었구나! 그런 기쁨이 따르기도 할 것입니다. 그러고는 조금씩 그 글의 내용을 닮아가는 기회가 생기기도 할 것입니다.

처음부터 좋은 글을 쓰는 문인은 없습니다. 다른 사람들의 좋은 글을 읽고 베끼다 보니 좋은 글을 쓰는 문인이 되기도 합니다. 내가 아는 좋은 선배 시인 한 분은 한용운 선생의 시를 30편 가량 외우다 보니 저절로 말문이 터져 시인이 되었다고 그럽니다.

그만큼 다른 사람의 좋은 글을 외우는 일은 중요한데, 외우기에 앞서는 일이 시를 읽고 베끼는 일입니다. 나는 지금도 좋은 시, 남의 시가 있으면 서슴없이 베낍니다. 글을 베끼다 보면 그 글이 나의 마음 안으로 들어와 안기는 것을 느끼는데, 이것은 참 신비로운 경험이기도 합니다.

2025년은 내가 시인이 된 지 55년째 되는 해입니다. 나로서도 눈물겹도록 뜻이 깊은 해인데, 이런 해를 기념하여 열림원에서 라이팅북을 내주겠다고 그럽니다.

이 시집이 독자분들의 손에 들어가 아름답게 읽히고 곱다라니 베껴지는 책이 되기를 소망합니다. 어디서인가도 말했지만 그렇게 읽고 베끼게 되면 나태주의 시집을 떠나 시집을 베끼는 독자분의 시집으로 바뀌게 될 것입니다. 이 시집의 시들을 베끼면서 그런 신비한 경험을 해보시기를 권합니다.

2025년 새아침을 앞두고
나태주 씁니다.

2

가끔은 나도 예쁜 사람이 되기로 한다

3

아름다운 하루였다고 말하고 싶어요

4

우리는 서로가 기도이고 꽃

1

통통통 가볍게
살아가주길 바라요

그 아이

겉으로 당신 당당하고 우뚝하지만
당신 안에 조그맣고 여리고 약한
아이 하나 살고 있어요

작은 일에도 흔들리고
작은 말에도 상처받는 아이
순하고도 여린 아이 하나 살고 있어요

그 아이 이슬밭에 햇빛 부신 풀잎 같고
바람에 파들파들 떠는
오월의 새 나뭇잎 한 가지예요

올해도 부탁은 그 아이
잘 데리고 다니며
잘 살길 바라요

윽박지르지 말고

세상 한구석에 떼놓고 다니지 말고
더구나 슬픈 얘기 억울한 얘기
들려주어 그 아이 주눅 들게 하지 마세요

될수록 명랑하고 고운 얘기 밝은 얘기
도란도란 나누며 걸음도 자박자박
한 해의 끝 날까지 가주길 바라요

초록빛 풀밭 위 고운 모래밭 위
통통통 뛰어가는 작은 새 발걸음
그렇게 가볍게 살아가주길 바라요.

오늘 하루

자 오늘은 이만 자러 갑시다
오늘도 이것으로 좋았습니다
충분했습니다

아내는 아내 방으로 가서
텔레비전 보다가 잠들고
나는 내 방으로 와서 책 읽다가 잠이 든다

우리 내일도 만났으면 좋겠습니다
자 오늘도 안녕히!
아내는 아내 방에서 코를 조그맣게 골면서 자고
나는 내 방에서 꿈을 꾸며 잠을 잔다

생각해보면 이것도 참 눈물겨운 곡절이고
서러운 노릇이다
안타까운 노릇이다

오늘 하루

자 오늘은 이만 자러 갑시다
오늘도 이것으로 좋았습니다
충분했습니다

아내는 아내 방으로 가서
텔레비전 보다가 잠들고
나는 내 방으로 와서 책 읽다가 잠이 든다

우리 내일도 만났으면 좋겠습니다
자 오늘도 안녕히!
아내는 아내 방에서 코를 조고맣게 골면서 자고
나는 내 방에서 꿈을 꾸며 잠을 잔다

생각해 보면 이것도 참 눈물겨운 숙절이오
서러운 노릇이다
안타까운 노릇이다

오늘 하루 좋았다 아름다웠다
우리는 앞으로 얼마 동안
이런 날 이런 저녁을 함께할 것인가!

오늘 하루 좋았다 아름다웠다
우리는 앞으로 얼마동안
이런 날 이런 저녁을 함께할 것인가!

풀꽃 1

자세히 보아야
예쁘다

오래 보아야
사랑스럽다

너도 그렇다.

풀꽃 2

이름을 알고 나면 이웃이 되고
색깔을 알고 나면 친구가 되고
모양까지 알고 나면 연인이 된다
아, 이것은 비밀.

풀꽃 3

기죽지 말고 살아봐
꽃 피워봐
참 좋아.

11월

돌아가기엔 이미 너무 많이 와버렸고
버리기에는 차마 아까운 시간입니다

어디선가 서리 맞은 어린 장미 한 송이
피를 문 입술로 이쪽을 보고 있을 것만 같습니다

낮이 조금 더 짧아졌습니다
더욱 그대를 사랑해야 하겠습니다.

혼자서

무리 지어 피어 있는 꽃보다
두셋이서 피어 있는 꽃이
도란도란 더 의초로울 때 있다

두셋이서 피어 있는 꽃보다
오직 혼자서 피어 있는 꽃이
더 당당하고 아름다울 때 있다

너 오늘 혼자 외롭게
꽃으로 서 있음을 너무
힘들어하지 말아라.

오늘의 약속

덩치 큰 이야기, 무거운 이야기는 하지 않기로 해요
조그만 이야기, 가벼운 이야기만 하기로 해요
아침에 일어나 낯선 새 한 마리가 날아가는 것을 보았다든지
길을 가다 담장 너머 아이들 떠들며 노는 소리가 들려 잠시 발
을 멈췄다든지
매미 소리가 하늘 속으로 강물을 만들며 흘러가는 것을 문득
느꼈다든지
그런 이야기들만 하기로 해요

남의 이야기, 세상 이야기는 하지 않기로 해요
우리들의 이야기, 서로의 이야기만 하기로 해요
지나간 밤 쉽게 잠이 오지 않아 애를 먹었다든지
하루 종일 보고픈 마음이 떠나지 않아 가슴이 뻐근했다든지
모처럼 갠 밤하늘 사이로 별 하나 찾아내어 숨겨놓은 소원을
빌었다든지
그런 이야기들만 하기로 해요

실은 우리들 이야기만 하기에도 시간이 많지 않은 걸 우리는
잘 알아요

그래요, 우리 멀리 떨어져 살면서도

오래 헤어져 살면서도 스스로

행복해지기로 해요

그게 오늘의 약속이에요.

세상에 나와 나는

세상에 나와 나는
아무것도 내 몫으로
차지하려 하지 않았습니다

꼭 갖고 싶은 것이 있었다면
푸른 하늘빛 한 쪽
바람 한 줌
노을 한 자락

더 욕심을 부린다면
굴러가는 나뭇잎새
하나

세상에 나와 나는
어느 누구도 사랑하는 사람으로
간직해두고 싶지 않았습니다

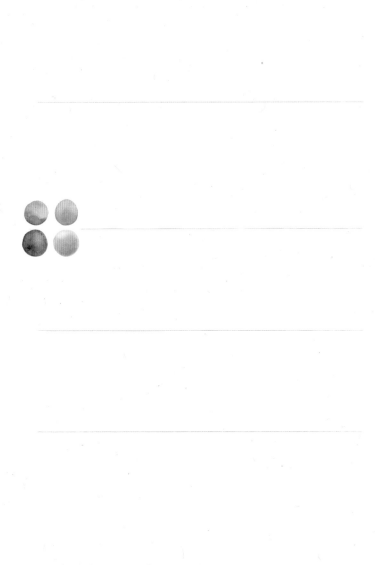

꼭 사랑하는 사람이 있었다면
단 한 사람
눈이 맑은 그 사람
가슴속에 맑은 슬픔을 간직한 사람

더 욕심을 부린다면
늙어서 나중에도 부끄럽지 않게
만나고 싶은 한 사람
그대.

꽃 1

예뻐서가 아니다
잘나서가 아니다
많은 것을 가져서도 아니다
다만 너이기 때문에
네가 너이기 때문에
보고 싶은 것이고 사랑스런 것이고 안쓰러운 것이고
끝내 가슴에 못이 되어 박히는 것이다
이유는 없다
있다면 오직 한 가지
네가 너라는 사실!
네가 너이기 때문에
소중한 것이고 아름다운 것이고 사랑스런 것이고 가득한 것이다
꽃이여, 오래 그렇게 있거라.

봄

봄이란 것이 과연
있기나 한 것일까?
아직은 겨울이지 싶을 때 봄이고
아직은 봄이겠지 싶을 때 여름인 봄
너무나 힘들게 더디게 왔다가
너무나 빠르게 허망하게
가버리는 봄
우리네 인생에도
봄이란 것이 있었을까?

돌멩이

흐르는 맑은 물결 속에 잠겨
보일 듯 말 듯 일렁이는
얼룩무늬 돌멩이 하나
돌아가는 길에 가져가야지
집어 올려 바위 위에
놓아두고 잠시
다른 볼일 보고 돌아와
찾으려니 도무지
어느 자리에 두었는지
찾을 수가 없다

혹시 그 돌멩이, 나 아니었을까?

대숲 아래서

1

바람은 구름을 몰고
구름은 생각을 몰고
다시 생각은 대숲을 몰고
대숲 아래 내 마음은 낙엽을 몬다

2

밤새도록 댓잎에 별빛 어리듯
그슬린 등피에는 네 얼굴이 어리고
밤 깊어 대숲에는 후득이다 가는 밤 소나기 소리
그러고도 간신이 사운대다 가는 밤바람 소리

3

어제는 보고 싶다 편지 쓰고
어젯밤 꿈엔 너를 만나 쓰러져 울었다
자고 나니 눈두덩엔 메마른 눈물 자국
문을 여니 산골엔 실비단 안개

4

모두가 내 것만은 아닌 가을,
해 지는 서녘구름만이 내 차지다
동구 밖에 떠드는 애들의
소리만이 내 차지다
또한 동구 밖에서부터 피어오르는
밤안개만이 내 차지다

하기는 모두가 내 것만은 아닌 것도 아닌
이 가을,
저녁밥 일찍이 먹고
우물가에 산보 나온
달님만이 내 차지다
물에 빠져 머리칼 헹구는
달님만이 내 차지다.

눈사람

밤을 새워 누군가 기다리셨군요
기다리다가 기다리다가 그만
새하얀 사람이 되고 말았군요
안쓰러운 마음으로 장갑을 벗고
손을 내밀었을 때
당신에겐 손도 없고
팔도 없었습니다.

마지막 기도

더 이상 그를
사랑하지 않게 해주십시오
사랑하는 마음이 언젠가
미움의 마음으로 변할까 걱정합니다

어떤 경우에도 그를
미워하지 않게 해주십시오
그를 사랑했던 마음
오래오래 후회될까 봐 걱정입니다.

대답

많고 많은 대답 가운데
가장 좋은 대답은
네……

그럴 수 없이 순하고
겸손하고 더 이상 낮아질 수 없이
낮아진 대답

오늘 네가 나에게 보내준
네……
바로 그 한 마디

언젠가는 나도 너에게
그 말을 돌려주고 싶다.

시

그냥 줍는 것이다

길거리나 사람들 사이에
버려진 채 빛나는
마음의 보석들.

별

너무 일찍 왔거나 너무 늦게 왔거나
둘 중에 하나다
너무 빨리 떠났거나 너무 오래 남았거나
또 그 둘 중에 하나다

누군가 서둘러 떠나간 뒤
오래 남아 빛나는 반짝임이다

손이 시려 손조차 맞잡아줄 수가 없는
애달픔
너무 멀다 너무 짧다
아무리 손을 뻗쳐도 잡히지 않는다

오래오래 살면서 부디 나
잊지 말아다오.

문득

많은 사람 아니다
더더욱 많은 이름 아니다
오직 한 사람,
한 사람의 이름이
나는 오늘 문득
그리운 것이다.

그리움

가지 말라는데 가고 싶은 길이 있다
만나지 말자면서 만나고 싶은 사람이 있다
하지 말라면 더욱 해보고 싶은 일이 있다

그것이 인생이고 그리움
바로 너다.

그럼에도 불구하고

지금 사람들 너나없이
살기 힘들다, 지쳤다, 고달프다,
심지어 화가 난다고까지 말을 한다

그렇지만 이 대목에서도
우리가 마땅히 기댈 말과
부탁할 마음은 '그럼에도 불구하고'

그럼에도 불구하고 우리는
밥을 먹어야 하고
잠을 자야 하고 일을 해야 하고

그럼에도 불구하고 우리는
아낌없이 사랑해야 하고
조금은 더 참아낼 줄 알아야 한다

무엇보다도 소망의 끈을

놓치지 말아야 한다
기다림의 까치발을 내리지 말아야 한다

그것이 날마다 아침이 오는 까닭이고
봄과 가을 사계절이 있는 까닭이고
어린것들이 우리와 함께하는 이유이다.

사랑은 언제나 서툴다

서툴지 않은 사랑은 이미
사랑이 아니다
어제 보고 오늘 보아도
서툴고 새로운 너의 얼굴

낯설지 않은 사랑은 이미
사랑이 아니다
금방 듣고 또 들어도
낯설고 새로운 너의 목소리

어디서 이 사람을 보았던가……
이 목소리 들었던가……
서툰 것만이 사랑이다
낯선 것만이 사랑이다

오늘도 너는 내 앞에서
다시 한번 태어나고

오늘도 나는 네 앞에서
다시 한번 죽는다.

나처럼 살지 말고 너처럼 살아라

나는 지금까지의 내가 아니어도 좋다. 풀꽃을 그릴 때 나는 한 송이의 풀꽃, 한 낱의 풀 이파리가 되기도 한다. 말하자면 그것은 내가 무아경에 이르는, 나 자신을 초월하는 신비한 시간이기도 하다. 그러면서 나는 사물의 본질에 나도 모르게 슬그머니 닿았다가 되돌아오곤 한다. 거기서 느낌이 생기고 모습과 소리가 따르고 또 몇 줄기 말씀이 눈을 뜨기도 한다. 그때의 그 황홀감이라니!

조그맣고 보잘것없는 풀들도 제각기 다른 모습을 하고 제각기 다르게 살고 있으며, 산과 나무들의 모습도 제 나름대로 품격을 지니면서 서로 어울려 살되 제 타고난 본성을 잃지 않는데 하물며 사람들의 사는 모습이 이래서야 쓰겠는가. 특히 난초 이파리를 봐라. 엇비슷한 이파리들이 하나도 닮거나 비슷한 것이 없고 그 이파리들은 또 제가 뻗어야 할 마땅한 허공을 찾아 뻗으면서 좌우 균형을 유지하고 있지 않는가.

나이 든 사람, 위에 있는 사람, 앞선 사람, 힘 있는 사람들이

먼저 달라져야 한다. 자기가 가지고 있는 것을 젊은 사람, 아래에 있는 사람, 뒤따라오는 사람, 힘없는 사람들에게 강요하지 말아야 한다. 세상 모든 생명체들은 제 나름대로 몫이 있기 마련이다. 제 목숨의 몫만큼 살 권리가 있다. 그리하여 부디 '나처럼 살지 말고 너처럼 살라'고 등 두드려 각자의 방식대로 살도록 해야 한다. 그러면서도 그 '제각각'이 서로 조화를 이루어 하나로 어울릴 수 있다면 얼마나 좋은 일이겠는가.

2

가끔은 나도
예쁜 사람이 되기도 한다

너를 두고

세상에 와서
내가 하는 말 가운데서
가장 고운 말을
너에게 들려주고 싶다

세상에 와서
내가 가진 생각 가운데서
가장 예쁜 생각을
너에게 주고 싶다

세상에 와서
내가 할 수 있는 표정 가운데
가장 좋은 표정을
너에게 보이고 싶다

이것이 내가 너를
사랑하는 진정한 이유

나 스스로 네 앞에서 가장
좋은 사람이 되고 싶은 소망이다.

사랑에 답함

예쁘지 않은 것을 예쁘게
보아주는 것이 사랑이다

좋지 않은 것을 좋게
생각해주는 것이 사랑이다

싫은 것도 잘 참아주면서
처음만 그런 것이 아니라

나중까지 아주 나중까지
그렇게 하는 것이 사랑이다.

눈 위에 쓴다

눈 위에 쓴다
사랑한다 너를
그래서 나 쉽게
지구라는 아름다운 별
떠나지 못한다.

첫눈

요즘 며칠 너 보지 못해
목이 말랐다

어젯밤에도 깜깜한 밤
보고 싶은 마음에
더욱 깜깜한 마음이었다

몇 날 며칠 보고 싶어
목이 말랐던 마음
깜깜한 마음이
눈이 되어 내렸다

네 하얀 마음이 나를
감싸안았다.

내가 사랑하는 계절

내가 제일로 좋아하는 달은
11월이다
더 여유 있게 잡는다면
11월에서 12월 중순까지다

낙엽 져 홀몸으로 서 있는 나무
나무들이 깨금발을 딛고 선 등성이
그 등성이에 햇빛 비쳐 드러난
황토 흙의 알몸을
좋아하는 것이다

황토 흙 속에는
시제時祭 지내러 갔다가
막걸리 두어 잔에 취해
콧노래 함께 돌아오는
아버지의 비틀걸음이 들어 있다

어린 형제들이랑
돌담 모퉁이에 기대어 서서 아버지가
가져오는 봉송封送 꾸러미를 기다리던
해 저물녘 한때의 굴품한 시간들이
숨 쉬고 있다

아니다 황토 흙 속에는
끼니 대신으로 어머니가
무쇠솥에 찌는 고구마의
구수한 내음새 아스므레
아지랑이가 스며 있다

내가 제일로 좋아하는 계절은
낙엽 져 나무 밑동까지 드러나 보이는
늦가을부터 초겨울까지다
그 솔직함과 청결함과 겸허를
못 견디게 사랑하는 것이다.

바람 부는 날

너는 내가 보고 싶지도 않니?
구름 위에 적는다

나는 너무 네가 보고 싶단다!
바람 위에 띄운다.

내가 좋아하는 사람

내가 좋아하는 사람은
슬퍼할 일을 마땅히 슬퍼하고
괴로워할 일을 마땅히 괴로워하는 사람

남의 앞에 섰을 때
교만하지 않고
남의 뒤에 섰을 때
비굴하지 않은 사람

내가 좋아하는 사람은
미워할 것을 마땅히 미워하고
사랑할 것을 마땅히 사랑하는
그저 보통의 사람.

오늘도 나는 집으로 간다

우리는 누구나 돌아가는 사람들
하루에 한 번씩 집으로 돌아가고
고향으로 돌아가고
부모님에게로 친구들에게로 돌아가고
끝내는 영원으로 돌아가는 사람들

왜?
우리가 그곳으로부터 왔고
그들로부터 왔고
또 영원에서 왔고
우리 자신 영원이니까

오늘도 나는 집으로 간다
낡은 침대와 밝은 불빛이 기다리는
집으로 돌아간다
영원으로 돌아가는 연습으로
날마다 날마다 그렇게 한다

오늘도 나는 집으로 간다

우리는 누구나 돌아가는 사람들
하루에 한 번씩 집으로 돌아가고
고향으로 돌아가고
부모님에게로 친구들에게로 돌아가고
끝내는 영원으로 돌아가는 사람들

왜?
우리가 그곳으로부터 왔고
그들로부터 왔고
또 영원에서 왔고
우리 자신 영원이니까

오늘도 나는 집으로 간다
낡은 침대와 밝은 불빛이 기다리는
집으로 돌아간다
영원으로 돌아가는 연습으로
날마다 날마다 그렇게 한다

그대여, 그대도
돌아가기 바란다
영원으로 돌아가기에 앞서
날마다 날마다 그대 집으로 돌아가
그대 편안한 잠을 찾기 바란다.

그대여, 그대도
돌아가기 바란다.
영원으로 돌아가기에 앞서
날마다 날마다 그대 집으로 돌아가
그대 편안한 잠을 찾기 바란다.

말하고 보면 벌써

말하고 보면 벌써
변하고 마는 사람의 마음

말하지 않아도 네가
내 마음 알아줄 때까지

내 마음이 저 나무
저 흰 구름에 스밀 때까지

나는 아무래도 이렇게
서 있을 수밖엔 없다.

그래도

사랑했다
좋았다
헤어졌다
그래도 고마웠다

네가 나를 버리는 바람에
내가 나를 더
사랑할 수 있었다.

이 가을에

아직도 너를
사랑해서 슬프다.

바람에게 묻는다

바람에게 묻는다
지금 그곳에는 여전히
꽃이 피었던가 달이 떴던가

바람에게 듣는다
내 그리운 사람 못 잊을 사람
아직도 나를 기다려
그곳에서 서성이고 있던가

내게 불러줬던 노래
아직도 혼자 부르며
울고 있던가.

사랑은 비밀

사랑은 언제나 비밀

한 사람과 또 한 사람의
중간 어디쯤 허공에
매달려 있는 조그만 화분
거기 자라는 이름 모를 화초

사람들에게 알려졌을 때
사랑은 죽어버리고 만다

새봄도 어디까지나 비밀

겨울과 여름 사이 어디쯤
이상한 어지럼증이거나 소용돌이
알지 못할 꽃 빛깔이거나
맴돌고 있는 새소리

사람들이 눈치챘을 때

새봄은 이미 사라져버리고 만다.

못난이 인형

못나서 오히려 귀엽구나
작은 눈 찌푸려진 얼굴

애계계 금방이라도 울음보
터뜨릴 것 같네

그래도 사랑한다 애야
너를 사랑한다.

예쁜 너

사람은 언제 예쁜가?

자기가 좋아하는 사람
자기를 믿어주는 사람
앞에 있을 때 예쁘다

마음 놓고 웃을 때 예쁘고
마음 놓고 말할 때
더욱 예쁘다

너는 언제 예쁜가?

네가 좋아하는 사람 앞에
있을 때 예쁘고
내 앞에서도 가끔은 예쁘다

너를 예쁘다고 생각하므로

가끔은 나도

예쁜 사람이 되기도 한다.

비파나무

왜 여기 서 있느냐
묻지 마세요
왜 잎이 푸르고
꽃을 피웠느냐
따지지 마세요

당신이 오기 기다려
여기 서 있고
당신 생각하느라
꽃을 피웠을 뿐이에요.

못나서 사랑했다

잘나지 못해서 사랑했다
사랑하지 않고서는
배길 수 없어서 사랑했다
밥을 먹어도 배가 고프고
물을 마셔도 목이 말라서
사랑했다

사랑은 밥이요
사랑은 물

바람 부는 날 바람 따라 흔들리지
않기 위해서 사랑했다
흐르는 강가에서 물 따라
흘러가지 않기 위해서
사랑했다

사랑은 공기요

사랑은 꿈

너 또한 잘난 사람 아니기에
사랑할 수밖에 없었다
못나서 안쓰럽고
안쓰러워 사랑할 수밖에 없었다
사랑하여 너는 세상에서
가장 예쁜 네가 되었다

사랑은 꽃이요
사랑은 눈물.

사랑하는 마음 내게 있어도

사랑하는 마음
내게 있어도
사랑한다는 말
차마 건네지 못하고 삽니다
사랑한다는 그 말끝까지
감당할 수 없기 때문

모진 마음
내게 있어도
모진 말
차마 하지 못하고 삽니다
나도 모진 말 남들에게 들으면
오래오래 잊히지 않기 때문

외롭고 슬픈 마음
내게 있어도
외롭고 슬프다는 말

차마 하지 못하고 삽니다
외롭고 슬픈 말 남들한테 들으면
나도 덩달아 외롭고 슬퍼지기 때문

사랑하는 마음을 아끼며
삽니다
모진 마음을 달래며
삽니다
될수록 외롭고 슬픈 마음을
숨기며 삽니다.

기다리마

저문 날 해 저문 날
낙타 등에 짐 가득 싣고
먼 길 떠나는 너
모래 지평선 너머
발길 놓는 너
보고픈 마음도 이제는
너에게 짐이 될까 봐
마음속 허공에
내려놓는다
어쨌든 먼 길
한 걸음씩 걸어
다시 이곳으로 돌아오라
그때까지 나
등불 끄지 않고
마음의 빗장 걸지 않고
기다리마 너를 기다리마.

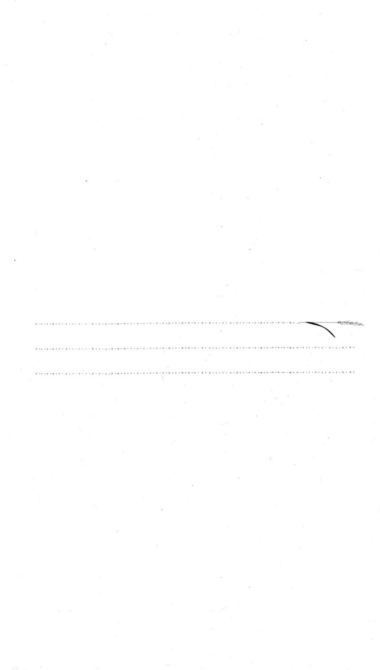

꽃 2

예쁘다는 말을
가볍게 삼켰다

안쓰럽다는 말을
꿀꺽 삼켰다

사랑한다는 말을
어렵게 삼켰다

섭섭하다, 안타깝다,
답답하다는 말을 또 여러 번
목구멍으로 넘겼다

그러고서 그는 스스로 꽃이 되기로 작정했다.

별을 사랑하여

말갛게 푸르게 개인 하늘이었다가
흰 구름이었다가 흐린 날이었다가
천둥번개였다가 깜깜한 밤이었다가

아니, 아니
호들갑스런 새소리였다가 명랑한 물소리였다가
나비 날개의 하느적임이었다가
바람에 몸을 뒤채는 수풀이었다가

너를 생각하면 나는
오만가지 마음으로 변하고
너를 만나면 다시
오만가지 변덕을 부리곤 한다

하지만, 하지만 말이다
너를 사랑함으로 하여

더욱 내가 순해지고 깊어지고
끝내는 구원받는 그 어떤 사람이고 싶은 것

이것이 나의 마지막 소원이기도 하다.

사랑에의 권유

사랑 때문에 다만
사랑하는 일 때문에
울어본 적 있으신지요?

보고 싶은 마음 때문에 오직
한 사람이 보고 싶은 마음 때문에
밤을 꼬박 새워본 적 있으신지요?

그것이 철없음이라도 좋겠고
어리석음이라도 좋겠고
서툰 인생이라 해도 충분히 좋겠습니다

한 사람의 여자를 위하여
한 사람의 남자를 위하여 다시금
떨리는 손으로 길고 긴 편지를
써보고 싶은 생각은 없으신지요?

부디 잊지 마시기 바라요
한 사람의 일로 밤을 새우고
오직 그 일로 해서 지구가 다
무너져버릴 것만 같았던 날들이 분명
우리에게 있었음을

그리하여 우리가 한때나마 지상에서
행복하고 슬프고도 외로운 사람이었음을
부디 후회하지 마시기 바라요.

꽃은 왜 피는가

꽃들도 필연성을 지니고 피어나는 것이고 꼭 피어나고 싶어서 피어나는 것이다. 해마다 피어나는 꽃이 아니다. 올봄에 피어나는 꽃은 오직 올봄에만 피어나는 꽃이다. 작년에 핀 꽃이 돌아오는 것이 아니다.

꽃이 예쁘게 피어나기 위해서는 전제 조건이 있어야 한다. 생명의 위기라 할지 결핍이라 할지 그런 것들을 필요로 한다. 구체적으로 말한다면 겨울을 필요로 하고 얼마간의 추위도 필요로 한다. 그런 것을 통해서 아쉬운 점, 모자란 점이 있을 때 그 보상으로 꽃은 더 아름답게 피어나는 것이다. 따뜻한 겨울, 풍요로운 환경 속에서는 결코 꽃이 눈부시게 피어나지 못한다.

실은 올봄에 피어나는 꽃들이 이토록 유난히 아름답고 찬란하게 보이는 것은, 지난해 우리가 꽃을 전혀 보지 못하고 봄을 살았기 때문이 아닌가 싶기도 하다. 이것도 실은 결핍의 한 소산이다. 올해의 꽃이 유난히도 아름답게 보이는 건 나뿐만이 아니라 아내에게도 마찬가지다. 그녀 또한 나를 간호하느라 병원 생활을 길게 하여 봄을, 한 해의 봄을 고스란히 잃어버리고 말았다. 그래서 아내는 때로 이렇게 말하기도 한다.

"여보, 우리가 지난해 꽃을 보지 못했으니 올봄엔 꽃을 실컷 보라고 꽃들이 이렇게 예쁘게 피어나는가 봐요."

3

아름다운 하루였노라고
말하고 싶어요

좋다

좋아요
좋다고 하니까 나도 좋다.

행복

저녁때
돌아갈 집이 있다는 것

힘들 때
마음속으로 생각할 사람 있다는 것

외로울 때
혼자서 부를 노래 있다는 것.

그런 사람으로

그 사람 하나가
세상의 전부일 때 있었습니다

그 사람 하나로 세상이 가득하고
세상이 따뜻하고

그 사람 하나로
세상이 빛나던 때 있었습니다

그 사람 하나로 비바람 거센 날도
겁나지 않던 때 있었습니다

나도 때로 그에게 그런 사람으로
기억되고 싶습니다.

아끼지 마세요

좋은 것 아끼지 마세요
옷장 속에 들어 있는 새로운 옷 예쁜 옷
잔칫날 간다고 결혼식장 간다고
아끼지 마세요
그러다 그러다가 철 지나면 헌 옷 되지요

마음 또한 아끼지 마세요
마음속에 들어 있는 사랑스러운 마음 그리운 마음
정말로 좋은 사람 생기면 준다고
아끼지 마세요
그러다 그러다가 마음의 물기 마르면 노인이 되지요

좋은 옷 있으면 생각날 때 입고
좋은 음식 있으면 먹고 싶을 때 먹고
좋은 음악 있으면 듣고 싶을 때 들으세요
더구나 좋은 사람 있으면
마음속에 숨겨두지 말고

마음껏 좋아하고 마음껏 그리워하세요

그리하여 때로는 얼굴 붉힐 일
눈물 글썽일 일 있다 한들
그게 무슨 대수겠어요!
지금도 그대 앞에 꽃이 있고
좋은 사람이 있지 않나요
그 꽃을 마음껏 좋아하고
그 사람을 마음껏 그리워하세요.

꽃들아 안녕

꽃들에게 인사할 때
꽃들아 안녕!

전체 꽃들에게
한꺼번에 인사를
해서는 안 된다

꽃송이 하나하나에게
눈을 맞추며
꽃들아 안녕! 안녕!

그렇게 인사함이
백번 옳다.

섬에서

그대, 오늘

볼 때마다 새롭고
만날 때마다 반갑고
생각날 때마다 사랑스러운
그런 사람이었으면 좋겠습니다

풍경이 그러하듯이
풀잎이 그렇고
나무가 그러하듯이.

사막의 향기를 드립니다

사막은
무색
아무런 색깔도 없는 건 아니지만 단순한 몇 가지 색깔

사막은
무취
그냥 모래 마르는 냄새 풀잎 마르는 냄새

사막은
무한
하늘이 그렇고 모래밭이 그렇고

사막은
투명
하늘이 또한 그렇고 사람 마음이 다시 그렇다

사막의 향기를 드립니다

무색무취 무한 투명의 냄새를 드립니다
그건 이미 당신 마음 안에도 있는 것들입니다

부디 상처 나지 않게 조심조심
밖으로 꺼내시기 바랍니다
이쪽의 것도 조금 가져가시기 바랍니다.

꽃 피우는 나무

좋은 경치 보았을 때
저 경치 못 보고 죽었다면
어찌했을까 걱정했고

좋은 음악 들었을 때
저 음악 못 듣고 세상 떴다면
어찌했을까 생각했지요

당신, 내게는 참 좋은 사람
만나지 못하고 이 세상 흘러갔다면
그 안타까움 어찌했을까요……

당신 앞에서는
나도 온몸이 근지러워
꽃 피우는 나무

지금 내 앞에 당신 마주 있고

당신과 나 사이 가득
음악의 강물이 일렁입니다

당신 등 뒤로 썰렁한
잡목 숲도 이럴 때는 참
아름다운 그림 나라입니다.

인생

화창한 날씨만 믿고
가벼운 옷차림과 신발로 길을 나섰지요
향기로운 바람 지저귀는 새소리 따라
오솔길을 걸었지요

멀리 갔다가 돌아오는 길
막판에 그만 소낙비를 만났지 뭡니까

하지만 나는 소낙비를 나무라고 싶은
생각이 별로 없어요
날씨 탓만 하며 날씨한테 속았노라
말하고 싶지도 않아요

좋았노라 그마저도 아름다운 하루였노라
말하고 싶어요
소낙비 함께 옷과 신발에 묻어온
숲속의 바람과 새소리

그것도 소중한 나의 하루

나의 인생이었으니까요.

네 앞에서

이상한 일이다
네 앞에서는 이야기가
엉뚱한 방향으로 나간다
기분 좋은 이야기를 하려고 했는데
기분 나쁜 이야기가 되고
사과하는 이야기를 하고 싶었는데
화를 내는 이야기가 되고 만다
공연히 허둥대고 서둔다
내 마음을 속이고 포장하고
엉뚱한 표정으로 짓고 엉뚱한 말을 한다
내가 하려던 말은 무엇이었을까?
정말로 내가 하고 싶었던 이야기를 네가
알아들을 수 있었다면 얼마나 좋을까?
이것은 참 어림도 없는 욕심이고 바람이다.

그것은 흔한 일이다

아침 출근길
골목의 아스팔트 위에서
죽어 있는 개구리 한 마리를 만난다
차바퀴에 깔려 납작하게 죽어 있는
하나의 생명체
몇 시간 전까지만 해도 콩당콩당
풀밭을 뛰어다녔을 목숨
아무도 눈여겨보지 않고
바쁘게 지나쳐 간다

그것은 흔한 일이다

가끔은 행길가 아스팔트 위에서
죽어 있는 다람쥐나 족제비
더러는 고양이나 강아지 사체를
만날 때도 있다
아무도 두려워하지 않고

차바퀴로 타고 넘는 쓰레기
저것이 바로 당신이었다면?

그것도 흔한 일이다.

가을 서한

1

끝내 빈손 들고 돌아온 가을아,
종이기러기 한 마리 안 날아오는 비인 가을아,
내 마음까지 모두 주어버리고 난 지금
나는 또 그대에게 무엇을 주어야 할까 몰라

2

새로 국화 잎새 따다 수놓아
새로 창호지 문 바르고 나면
방 안 구석구석까지 밀려들어 오는 저승의 햇살
그것은 가난한 사람들만의 겨울 양식

3

다시는 더 생각하지 않겠다,
다짐하고 내려오는 등성이에서
돌아보니 타닥타닥 영그는 가을꽃씨 몇 움큼,
바람 속에 흩어지는 산 너머 기적 소리

4

가을은 가고
남은 건
바바리코트 자락에 날리는 바람
때 묻은 와이셔츠 깃

가을은 가고
남은 건
그대 만나러 가는 골목길에서의
내 휘파람 소리

첫눈 내리는 날에
켜질
그대 창문의 등불 빛
한 초롱.

사막을 찾지 말아라

사막에 가고 싶다
사막에 가고 싶다
그렇게 말하지 말아라
네 마음이 바로 사막이다

사막을 보고 싶다
사막을 보고 싶다
그렇게 말하지 말아라
네가 있는 곳이 바로 사막이다

서울이 그대로 사막이고
네가 사는 시골이 사막이고
네가 또 스스로 낙타다
네 이웃과 가족이 모두 낙타다

그렇지 않고서는 네가
그렇게 고달플 까닭이 없고

네가 그렇게 외로울 까닭이 없다
사막을 사막에서 찾지 말아라.

풍경

이 그림에서
당신을 빼낸다면
그것이 내 최악의 인생입니다.

선물

나에게 이 세상은 하루하루가 선물입니다
아침에 일어나 만나는 밝은 햇빛이며 새소리,
맑은 바람이 우선 선물입니다

문득 푸르른 산 하나 마주했다면 그것도 선물이고
서럽게 서럽게 뱀 꼬리를 흔들며 사라지는
강물을 보았다면 그 또한 선물입니다

한낮의 햇살을 받아 손바닥 뒤집는
잎사귀 넓은 키 큰 나무들도 선물이고
길 가다 발밑에 깔린 이름 없어 가여운
풀꽃들 하나하나도 선물입니다

무엇보다도 먼저 이 지구가 나에게 가장 큰 선물이고
지구에 와서 만난 당신,
당신이 우선으로 가장 좋으신 선물입니다

저녁 하늘에 붉은 노을이 번진다 해도 부디
마음 아파하거나 너무 섭하게 생각지 마셔요
나도 또한 이제는 당신에게
좋은 선물이었으면 합니다.

여름의 일

골목길에서 만난
낯선 아이한테서
인사를 받았다

안녕!

기분이 좋아진 나는
하늘에게 구름에게
지나는 바람에게 울타리 꽃에게
인사를 한다

안녕!

문간 밖에 나와
쭈그리고 앉아 있는
순한 얼굴의 개에게도
인사를 한다

너도 안녕!

근황

요새
네 마음속에 살고 있는
나는 어떠니?

내 마음속에 들어와
살고 있는 너는 여전히
예쁘고 귀엽단다.

외출에서 돌아와

사람들 많이 만나고
집에 돌아온 밤이면
언제고 한 가지쯤
언짢은 일 있기 마련이다

사알짝, 마음에 긁힌 자국

다른 사람들 내게 준
조그만 표정이며
석연찮은 한두 가지 말들
가시 되어 걸려 있을 때 있다

아니다 내가
다른 사람들에게 그렇게
하지 않았을까
더 언짢아질 때 더러 있다.

어여쁜 짐승

정말로 좋은 사랑이란 사랑하는 사람을
행복하게 해주는 것이란 말이 있다
또 사랑하는 사람을 편안하게 해주는 것이란 말도 있다
그러나 젊은 시절엔 그런 말들을 듣고서도
미처 그 말의 뜻을 깨치지 못했다
처음부터 귀를 막았는지도 모른다
정말로 사랑이란 것이 사랑하는 사람을 편안하게 해주고
행복하게 해주는 것이란 것을 알았을 때는
너무나 많이 나이를 먹고 난 뒤의 일이기 십상이다
그것은 행복이 자기한테 떠나갔을 때 비로소
자기가 행복했다는 걸 뒤늦게 깨닫는 어리석음과 같다
그러나 지금이라도 그것을 알았다면 얼마나 다행스러운
일인가!
네 옆에 잠시 이렇게 숨을 쉬는 순한 짐승으로 나는 오늘
충분히 행복해지고 편안해지기로 한다
너도 내 옆에서 가만가만 숨을 쉬는 어여쁜 짐승으로
한동안 행복해지고 편안해졌으면 좋겠다.

사는 일

오늘도 하루 잘 살았다
굽은 길은 굽게 가고
곧은 길은 곧게 가고

막판에는 나를 싣고
가기로 되어 있는 차가
제시간보다 일찍 떠나는 바람에
걷지 않아도 좋은 길을 두어 시간
땀 흘리며 걷기도 했다

그러나 그것도 나쁘지 아니했다
걷지 않아도 좋은 길을 걸었으므로
만나지 못했을 뻔했던 싱그러운
바람도 만나고 수풀 사이
빨갛게 익은 멍석딸기도 만나고
해 저문 개울가 고기비늘 찍으러 온 물총새
물총새, 쪽빛 날갯짓도 보았으므로

이제 날 저물려 한다
길바닥에 떠돌던 바람은 잠잠해지고
새들도 머리를 숲으로 돌렸다
오늘도 하루 나는 이렇게
잘 살았다.

한 사람 건너

한 사람 건너 한 사람
다시 한 사람 건너 또 한 사람

애기 보듯 너를 본다

찡그린 이마
앙다문 입술
무슨 마음 불편한 일이라도
있는 것이냐?

꽃을 보듯 너를 본다.

너와 함께라면 인생도 여행이다

인생이 무엇인가
한마디로 말하는 사람 없고
인생이 무엇인가
정말로 알고 인생을 사는 사람 없다

어쩌면 인생은 무정의용어 같은 것
무작정 살아보아야 하는 것
옛날 사람들도 그랬고 오늘도 그렇고
앞으로도 오래 그래야 할 것

사람들 인생이 고달프다 지쳤다
힘들다고 입을 모은다
가끔은 화가 나서
내다 버리고 싶다고까지 불평을 한다

그렇지만 말이다
비록 그러한 인생이라도

너와 함께라면 인생도 여행이다

인생이 무엇인가
한마디로 말하는 사람 없고
인생이 무엇인가
정말로 알고 인생을 사는 사람 없다

어쩌면 인생은 무정의 흐름이 같은 것
무작정 살아보아야 하는 것
옛날 사람들도 그랬고 오늘도 그렇고
앞으로도 오래 그래야 할 것

사람들 인생이 고달픔다 지쳤다
힘들다고 입을 모은다
가끔은 화가 나서
내다 버리고 싶다고까지 불평을 한다

그렇지만 말이다
비록 그러한 인생이라도

사랑하는 사람과 함께라면
조금쯤 살아볼 만한 것이 아닐까

인생은 고행이다! 그렇게
말하는 사람들 있다
우리 여기서 '고행'이란 말
'여행'이란 말로 한번 바꾸어보자

인생은 여행이다!
더구나 사랑하는 너와 함께라면
인생은 얼마나 가슴 벅찬 하루하루일 것이며
아기자기 즐겁고 아름다운 발길일 거냐

너도 부디 나와 함께
힘들고 지치고 고달픈 날들
여행이라고 생각해주면 좋겠구나
지구 여행 잘 마치고 지구를 떠나자꾸나.

사랑하는 사람과 함께라면
조금쯤 살아볼 만한 것이 아닐까

인생은 고행이다 ! 그렇게
말하는 사람들 있다
우리 여기서 '고행'이란 말
'여행'이란 말로 한번 바꾸어보자

인생은 여행이다 !
더구나 사랑하는 너와 함께라면
인생은 얼마나 가슴 벅찬 하루하루일 것이며
아기자기 즐겁고 아름다운 발길일 거냐

너도 부디 나와 함께
힘들고 지치고 고달픈 날들
여행이라고 생각해주면 좋겠구나
지구 여행 잘 마치고 지구를 떠나자꾸나。

우리는 이미 행복한 사람

　우리는 감사할 줄 몰라서 행복해하지 못한다. 감사하는 마음은 마음의 평안을 가져오고 만족을 가져온다. 연구자들은 사람이 감사하는 마음을 가지면 세로토닌이라는 신경전달물질이 나온다고 말한다. 세로토닌은 우울증을 막아주고 마음의 평정을 주며 스트레스를 감소시켜 끝내는 행복한 마음에 이르게 한다고 한다.

　그렇다면 무엇을 감사해야 한단 말인가? 작은 일에 감사해야 한다. 그러기 위해서는 사소한 것, 오래된 것, 가까운 것들을 소중히 여기는 마음을 가져야 한다. 반복되는 일상을 사랑해야 한다. 이것을 '가난한 마음'이라고 부르고 싶다. 이런 가난한 마음만 있다면 만족과 감사가 저절로 이루어지리라고 본다.

　그다음은 나의 일들을 남의 것과 지나치게 비교하지 말아야 한다. 불행감의 절반은 타인과의 비교에서 오는 뜬구름 같은 것이다. 그 뜬구름을 과감히 떨쳐내야 한다. 이 세상에 나보다 더 소중한 존재가 어디에 있단 말인가. 무엇보다도 나를 사랑하고 내게 있는 것들을 소중히 여길 줄 알아야 한다.

우리는 모두 행복한 사람들이다. 다만 그 행복을 자기가 깨닫지 못할 따름이다. 그래서 나는 말한다. 이 세상에는 자기가 행복한 사람인 것을 아는 사람과 그것을 알지 못하는 사람이 있을 뿐이라고.

4

우리는 서로가
기도이고 꽃

들길을 걸으며

1
세상에 와 그대를 만난 건
내게 얼마나 행운이었나
그대 생각 내게 머물므로
나의 세상은 빛나는 세상이 됩니다
많고 많은 사람 중에 그대 한 사람
그대 생각 내게 머물므로
나의 세상은 따뜻한 세상이 됩니다

2
어제도 들길을 걸으며
당신을 생각했습니다
오늘도 들길을 걸으며
당신을 생각했습니다
어제 내 발에 밟힌 풀잎이
오늘 새롭게 일어나
바람에 떨고 있는 걸

나는 봅니다
나도 당신 발에 밟히면서
새로워지는 풀잎이면 합니다
당신 앞에 여리게 떠는
풀잎이면 합니다.

멀리서 빈다

어딘가 내가 모르는 곳에
보이지 않는 꽃처럼 웃고 있는
너 한 사람으로 하여 세상은
다시 한번 눈부신 아침이 되고

어딘가 네가 모르는 곳에
보이지 않는 풀잎처럼 숨 쉬고 있는
나 한 사람으로 하여 세상은
다시 한번 고요한 저녁이 온다

가을이다, 부디 아프지 마라.

별들이 대신해주고 있었다

바람도 향기를 머금은 밤
탱자나무 가시 울타리 가에서
우리는 만났다
어둠 속에서 봉오리진
하이얀 탱자꽃이 바르르
떨었다
우리의 가슴도 따라서
떨었다
이미 우리들이 해야 할 말을
별들이 대신해주고 있었다.

자기를 함부로 주지 말아라

자기를 함부로 주지 말아라
아무것에게나 함부로 맡기지 말아라
술한테 주고 잡담한테 주고 놀이한테
너무 많은 자기를 주지 않았나 돌아다 보아라

가장 나쁜 것은 슬픔한테 절망한테
자기를 맡기는 일이고
더욱 좋지 않은 것은 남을 미워하는 마음에
자기를 던져버리는 일이다
그야말로 그것은 끝장이다

그런 마음들을 거두어들여
기쁨에게 주고 아름다움에게 주고
무엇보다도 사랑하는 마음에게 주라
대번에 세상이 달라질 것이다
세상은 젊어지다 못해 어려질 것이고
싱싱해질 것이고 반짝이기 시작할 것이다

자기를 함부로 아무것에나 주지 말아라
부디 무가치하고 무익한 것들에게
자기를 맡기지 말아라
그것은 눈감은 일이고 악덕이며
인생한테 죄짓는 일이다

가장 아깝고 소중한 것은 자기 자신이다
그러므로 보다 많은 시간을 자기 자신한테
주는 데 주저하지 말아야 할 일이다
그것이 날마다 가장 중요한
삶의 명제요 실천 강령이다.

떠나와서

떠나와서 그리워지는
한 강물이 있습니다
헤어지고 나서 보고파지는
한 사람이 있습니다
미루나무 새 잎새 나와
바람에 손을 흔들던 봄의 강가
눈물 반짝임으로 저물어가는
여름날 저녁의 물비늘
혹은 겨울 안개 속에 해 떠오르고
서걱대는 갈대숲 기슭에
벗은 발로 헤엄치는 겨울 철새들
헤어지고 나서 보고파지는
한 사람이 있습니다
떠나와서 그리워지는
한 강물이 있습니다.

나무에게 말을 걸다

우리가 과연
만나기나 했던 것일까?'

서로가 사랑한다고
믿었던 때가 있었다
서로가 서로를 아주 잘
알고 있다고 믿었던 때가 있었다
가진 것을 모두 주어도
아깝지 않다고 생각하던 시절도 있었다

바람도 없는데
보일 듯 말 듯
나무가 몸을 비튼다.

서로가 꽃

우리는 서로가
꽃이고 기도다

나 없을 때 너
보고 싶었지?
생각 많이 났지?'

나 아플 때 너
걱정됐지?
기도하고 싶었지?

그건 나도 그래
우리는 서로가
기도이고 꽃이다.

능금나무 아래

한 남자가 한 여자의 손을 잡았다
한 젊은 우주가 또 한 젊은
우주의 손을 잡은 것이다

한 여자가 한 남자의 어깨에 몸을 기댔다
한 젊은 우주가 또 한 젊은
우주의 어깨에 몸을 기댄 것이다

그것은 푸르른 5월 한낮
능금꽃 꽃등을 밝힌
능금나무 아래에서였다.

겨울행

열 살에 아름답던 노을이
마흔 살 되어 또다시 아름답다
호젓함이란 참으로
소중한 것이란 걸 알게 되리라

들판 위에
추운 나무와 집들의 마을,
마을 위에 산,
산 위에 하늘,

죽은 자들은 하늘로 가
구름이 되고 언 별빛이 되지만
산 자들은 마을로 가
따뜻한 등불이 되는 걸 보리라.

살아갈 이유

너를 생각하면 화들짝
잠에서 깨어난다
힘이 솟는다

너를 생각하면 세상 살
용기가 생기고
하늘이 더욱 파랗게 보인다

너의 얼굴을 떠올리면
나의 가슴은 따뜻해지고
너의 목소리 떠올리면
나의 가슴은 즐거워진다

그래, 눈 한번 질끈 감고
하나님께 죄 한번 짓자!
이것이 이 봄에 또 살아갈 이유다.

응?

초록의 들판에
조그만 소년이
가볍게 가볍게
덩치 큰 소를 끌고 가듯이

귀여운 어린 아기가 끌고 가는
착하신 엄마와 아빠

어여쁜 아이들이 끌고 가는
정다운 학교와 선생님들

아가야, 지구를 통째로
너에게 줄 테니
잠들 때까지 망가뜨리지 말고
잘 가지고 놀거라, 응?

여행

떠나온 곳으로 다시는
돌아갈 수 없다는 걸 알기까지는
많은 시간이 필요했다.

등불

1
사람은 누구나
자기의 등불이 있습니다

저승서부터 데리고 왔거나
태어날 때
어머니가 쥐여주셨을 등불

몸이 아플 때나 잠들 때에도
머리맡에 켜 놓고
끄지 않았던 등불

그 등불이 사람을
이끌고 갑니다
밀림 속 세상에
길을 열어서 나아가게 합니다.

2
어머니, 저는 오늘 또다시
길을 잃었습니다
밤길은 자주 어두워지고
시야는 도처에서 떨립니다

그러나 어머니, 저는
제 마음이 더욱 헐벗고
제 행색이 더욱 초라해지길
허락합니다

가난한 마음일 때 등불은
더욱 밝게 타오름을 제가
알기 때문입니다

행색이 초라한 사람 손에
들려진 등불일수록 더욱

멀리까지 비쳐짐을
제가 믿기 때문입니다.

묘비명

많이 보고 싶겠지만
조금만 참자.

잠들기 전 기도

하나님
오늘도 하루
잘 살고 죽습니다
내일 아침 잊지 말고
깨워주십시오.

너에게 감사

사랑하는 사람들 사이에서는
더 많이 사랑하는 사람이
단연코 약자라는 비밀

어제도 지고
오늘도 지고
내일도 지는 일방적인 줄다리기

지고서도 오히려
기분이 나쁘지 않고
홀가분하기까지 한 게임

사랑하는 사람들 사이에서는
더 많이 지는 사람이
끝내는 승자라는 비밀

그걸 깨닫게 해준 너에게
감사한다.

유언시 – 아들에게 딸에게

아들아 딸아, 지구라는 별에서 너희들
애비로 만난 행운을 감사한다
애비의 삶 깊고 가느른 강물이었다
약관의 나이, 문학에의 꿈을 품고 교직에 들어와
43년 넘게 밥을 벌어 먹고살았으며
시인교장이란 말을 들을 때가 가장 좋은 시절이었지 싶다

그 무엇보다도 한 사람 시인으로 기억되기를 희망한다
우렁차고 커다란 소리를 내는 악기보다는 조그맣고 고운
소리를 내는 악기이고 싶었다
아들아, 이후에도 애비의 이름을 기억하는 사람을 만나거든
함부로 대하지 않기를 부탁한다
딸아, 네가 나서서 애비의 글이나 인생을 말하지 않기를 바란다

나의 작품은 내가 숨이 있을 때도 나의 소유가 아니고
내가 지상에서 사라진 뒤에도 나의 것이 아니다
저희들끼리 어울려 잘 살아가도록 내버려두거라

민들레 홀씨가 되어 날아가든 느티나무가 되든 종소리가 되어
사라지고 말든 내버려두거라

인생은 귀한 것이고 참으로 아름다운 것이란 걸
너희들도 이미 알고 있을 터,
하루하루를 이 세상 첫날처럼 맞이하고
이 세상 마지막 날처럼 정리하면서 살 일이다
부디 너희들도 아름다운 지구에서의 날들
잘 지내다 돌아가기를 바란다
이담에 다시 만날지는 나도 잘 모르겠구나.

눈부신 세상

멀리서 보면 때로 세상은
조그맣고 사랑스럽다
따뜻하기까지 하다
나는 손을 들어
세상의 머리를 쓰다듬어준다
자다가 깨어난 아이처럼
세상은 배시시 눈을 뜨고
나를 향해 웃음 지어 보인다

세상도 눈이 부신가 보다.

하나의 신비

할 수만 있다면 받들겠습니다
그를 높이고 낮아질 수 있는 데까지
낮아지겠습니다
언제나 좋은 것으로 드리고
나쁜 것은 이쪽으로 돌리겠습니다
공손히 대하고
참을 수 있을 데까지 참겠습니다
마음속 가장 향기로운 자리에
그를 두겠습니다
순결한 마음을 갖도록 애쓰겠습니다
아, 붉은 꽃이 더욱 붉게 보이고
하얀 꽃이 더욱 하얗게 보이기 시작합니다
하나의 신비입니다
왜 진작 그걸 몰랐을까요?

버킷 리스트

내가 세상에 나와
해보지 못한 일은
스키 타기, 요트 운전하기, 우주선 타기,
바둑 두기, 그리고 자동차 운전하기
(그런 건 별로 해보고 싶지 않고)

내가 세상에 와서
제일 많이 해본 일은
책 읽기와 글쓰기, 사람들 앞에서 말하기.
컴퓨터 자판 두드리기, 자전거 타기,
연필그림 그리기, 마누라 앞에서 주정하기,
그리고 실연당하기
(이런 일들은 이제 그만해도 좋을 듯하고)

내가 세상에 나와
꼭 해보고 싶은 일은
사막에서 천막 치고 일주일 정도 지내며 잠을 자기,

전영애 교수 번역본 『말테의 수기』 끝까지 읽기,
너한테 사랑한다는 말을 듣기.
(그런 일들을 끝까지 나는 이룰 수 있을는지……)

길

쓸쓸해져서야
보이는 풍경이 있다
버림받은 마음일 때에만
들리는 소리가 있다

새빨간 꽃 한 송이 피워
받들어 모시고
누구를 기다리는지
어여쁜 무덤이 하나

허리 아픈 사람처럼
꾸뭇거리다가
빗방울 두엇
새소리 몇 소절 함께
서둘러 마음속으로 숨어버리는
길이 있었다.

너무 잘하려고 애쓰지 마라

너, 너무 잘하려고 애쓰지 마라
오늘의 일은 오늘의 일로 충분하다
조금쯤 모자라거나 비뚤어진 구석이 있다면
내일 다시 하거나 내일
다시 고쳐서 하면 된다
조그마한 성공도 성공이다
그만큼에서 그치거나 만족하라는 말이 아니고
작은 성공을 슬퍼하거나
그것을 빌미 삼아 스스로를 나무라거나
힘들게 하지 말자는 말이다
나는 오늘도 많은 일들과 만났고
견딜 수 없는 일들까지 견뎠다
나름대로 최선을 다한 셈이다
그렇다면 나 자신을 오히려 칭찬해주고
보듬어 껴안아 줄 일이다
오늘을 믿고 기대한 것처럼
내일을 또 믿고 기대해라

너무 잘하려고 애쓰지 마라

너, 너무 잘하려고 애쓰지 마라
오늘의 일은 오늘의 일로 충분하다
조금쯤 모자라거나 비뚤어진 구석이 있다면
내일 다시 하거나 내일
다시 고쳐서 하면 된다
조그마한 성공도 성공이다
그만큼에서 그치거나 만족하라는 말이 아니고
작은 성공을 슬퍼하거나
그것을 빌미 삼아 스스로를 나무라거나
힘들게 하지 말자는 말이다
나는 오늘도 많은 일들과 만났고
견딜 수 없는 일들까지 견뎠다
나름대로 최선을 다한 셈이다
그렇다면 나 자신을 오히려 칭찬해 주고
보듬어 껴안아 줄 일이다
오늘을 믿고 기대한 것처럼
내일을 또 믿고 기대해라

오늘의 일은 오늘의 일로 충분하다
너, 너무도 잘하려고 애쓰지 마라.

오늘의 일분 오늘의 일로 충분하다
너, 너무도 잘하려고 애쓰지 마라 。

날마다 이 세상 첫날처럼

　몇 년 전에 상영된 「버킷리스트」란 영화를 기억하시는지? 나는 그 영화를 보지는 않았지만 줄거리는 대강 알고 있고 내용에 담긴 의미도 대강은 짐작한다. '버킷 리스트'란 '죽기 전에 꼭 하고 싶은 것들의 목록'이라는 것이겠다. 그렇다. 우리의 하루하루는 죽기 전에 꼭 하고 싶은 일들을 하는 날들의 연속이다.

　지난봄에 별로 탐탁하게 여기지 않는 아내를 부추겨 함께 미국 LA를 보름 동안 다녀온 것도 나에게는 실은 버킷 리스트 가운데 하나였으며, 우리 문화원의 젊은 직원들과 어울려 계룡산을 넘은 것도 버킷 리스트 가운데 하나였다. 또 정년 퇴임 후에 내는 여러 권의 책들도 버킷 리스트 가운데 하나하나를 실천하는 일이겠다.

　우선 시간이 아주 여유로워졌다. 또 시간이 모두 말짱하게 정신 차린 깨끗한 시간이 되었다. 영어로 말한다면 '클린 라이프'가 된 것이다. 왜 진즉 내가 이러지 못했던가, 후회스러울 지경이다. 정치한 인생. 정미한 인생이 된 것이다. 이 얼마나 "야호!"인가? 내 인생을 내 주관으로 산다는 것. 나의 시간을 오로지 내가 지

배하며 나를 위해서 쓸 수 있다는 것. 내가 하고 싶은 일을 하면서 산다는 것. 이것은 그냥 하기 좋은 말로, 남이 알까 무서울 정도로 좋은 일이다.

누군가 내 남은 인생의 계획을 물으면 이렇게 대답한다.

"오늘도 어제처럼, 내일도 오늘처럼. 할 수만 있다면 아침에 잠 깨어 이 세상 첫날처럼. 저녁에 잠이 들 때 이 세상 마지막 날처럼."

그렇다. 우리들의 하루하루는 이 세상에서 허락받은 오직 한 날로서의 하루하루다. 그리고 첫날이자 마지막 날이다. 그런 의미에서 우리는 지구라는 아름다운 별로 여행 나온 여행자들이지 않은가!

오늘도 이것으로 좋았습니다

초판 1쇄 인쇄 2024년 12월 10일
초판 1쇄 발행 2024년 12월 20일

지은이 나태주
펴낸이 정중모
펴낸곳 도서출판 열림원
출판등록 1980년 5월 19일(제406-2000-000204호)
주소 경기도 파주시 회동길 152
전화 031-955-0700
팩스 031-955-0661
홈페이지 www.yolimwon.com
이메일 editor@yolimwon.com

페이스북 /yolimwon
트위터 @yolimwon
인스타그램 @yolimwon

주간 김종숙
편집장 박지혜
편집 김은혜 정소영 김혜원
디자인 강희철

기획실 정진우 정재우
마케팅 홍보 김선규 고다희
디지털콘텐츠 구지영
제작 관리 윤준수 고은정 홍수진